KB273860

새살

새살

김지연 시집

마음세상

시인의 말

깊은 잠에서 일어나니 20년이 흘렀다.
행복한 꿈이 지나갔다.

개운하다.

청소하고
설거지하고
목욕하고
쓰레기통을 비우며

시나브로
내 삶의 가장자리를 채우는
새살.

2026. 2.

김지연

차례

제2부 빨래의 소매에서 새살이 난다

제1부

재생의 시간

네 머릿속 필름 영사기

지금 해는 너만을 비추는 조명이다. 내가 너의 꿈에 나왔다던데 나는 간 적이 없고 네 꿈속에서 내가 무슨 말을 했다는데 어떤 말인지 나도 궁금하다. 꿈속에서 너는 아마도 네 속마음을 말했을 테지. 나는 지켜야 할 비밀이 늘어나는 것을 원치 않아. 나는 전화를 받지 않는다. 마음을 숨기는 음성에서는 금속 소리가 나. 나는 네 앞에 설레는 표정으로 섰지만, 너의 눈은 이미 촬영을 끝낸 카메라 렌즈. 나의 사진에는 내가 짓지도 않은 표정이 내가 하지도 않은 말이 전사되어 있어. 너는 네 속을 그렇게 시원하게 씻어내고 싶었을 거야. 그건 나의 형상을 한 유령이야. 길 가다가 한 번쯤 만날 수 있을까? 너는 왜 자꾸 내가 꿈에 나오는지 모르겠다고, 내가 너의 꿈에 나올 때마다 횟수를 세어본다지. 나는 나도 모르는 사이 네가 바라보는 거울 속에 갇혀 있어. 모르는 사람들과 탄 만원 엘리베이터에서 문이 열리지 않는 현기증. 너도 언제든 내 꿈속에 나타날지 모르니 나는 내 꿈에서 방을 잘 치우고 냉장고에 먹을 것을 사다둬야겠다.

세탁기에 들어간 여자

1
세탁기는 오래된 친구처럼 말했다.
내가 예전 같지 않아.
못 들은 척 축축한 속옷과 수건.
찬 바람을 많이 맞은 겉옷을 두레박처럼 떨어뜨렸다.
허공에서 착륙한 사람의 시신처럼
고요한 침묵이 하루의 귀환을 알린다.
그 많은 얼룩을 다 지웠지만
내 속에 남은 흉터 지우지 못했네.

2
세탁기는 입을 벌린 채로 소리를 낸다.
새것이 되고 싶은 빨래들이
숨은 사람처럼 웅크리고 있다.
청량한 세제 냄새.
2진수 같은 비프음.
토라진 것 같다고 오해를 부르는
내 말투를 조금 닮았다.
온수에 헹굼 2회.
액정에는 너를 잊는데 필요한 시간이 나타난다.

3
죽지 않아도 환생하는 사람.
간밤 꿈에서 만난 사람을 못 본 척 지나가고
새 세탁기를 찾아보려니
소리가 멈추고 다시 돌아간다.
세탁기에서 나는 심장 소리.
다리를 쩍 벌린 빨래건조기가
무심하게 나를 쳐다본다.
몸을 툭툭 털어 바로 세운다.
갈빗대가 몇 개 나갔지만
잎새 같은 빨래.
열매를 영그는 철로 된 가지는
쿵쿵거리는 천장을 향해 있다.

얼음 위에서 구워진 물고기

한파가 동네 인공호수에 와서 연신 담배를 피다 잠시 자리를 비웠다. 들이마신 공기가 덜 익은 고기처럼 조금 물렁하다. 유리창처럼 얼었던 호수는 가장자리를 녹여 원이 되었다. 얇게 얼어붙은 거무튀튀한 물 위로 물고기 한 마리가 배를 드러내서 누워 있다. 아침 식탁에 올라온 생선구이처럼 까치가 얼음판을 걸어 물고기를 포크질하다 나를 보고는 성큼 물러선다. 나는 고급 뷔페에서 빈 접시를 들고 망설일 때처럼 서 있다. 생선은 잘 발라지지 않고 사체의 근육은 단단하다. 누가 물고기를 죽였을까. 아무도 궁금해하지 않았지만 호수 가장자리에는 울타리 안으로 들어가지 말라는 경고문이 붙어 있다. 까치는 생선 주변을 맴돌고 그 옆에는 사람의 신발 자국이 빗나간 도장처럼 찍혀 있다. 물고기는 추워서 죽었을까. 늙어서 죽었을까. 물속이 답답해서 죽었을까. 잘린 빙판에 날이 서 핏물이 배여 있다.

눈 내리는 바다 숲

흙 위에 폭신하고 흰 눈이 가라앉았다.
나무는 신발 뒤축을 꺾어 신고 섰다.
비좁은 전철, 내리는 사람 기다리듯이
자작나무가 빗줄기처럼 하늘을 본다.
깜빡깜빡 졸던 사람은
조각난 꿈이 서로 이어지지 않아 겉돈다.
핸드폰 번호를 바꾸며, 마음이 아파 다 잊어버렸다.
내리실 문 방향으로 끊임없이 내리는 눈은
너와 나의 웃음이 담긴
푸른 시절의 기억을 닦아내고 있다.
깊은 숲을 지나는
너의 눈이 가로등처럼 삶의 간격을 밝힌다.
나무뿌리가 너의 심장에 닿도록 꿈틀거릴 즈음
나는 이 눈이 녹아내기 전에
멀어진 기억의 자로 지금의 원근을 잰다.
아직은 누구하고도 헤어질 준비가 되지 못했다.
눈이 내려 내 발목의 바다를 이룬다.

너는 달다

고구마가 죽었다.
찜통의 강한 열기 속에서 방바닥을 닦으며
일용직 일을 그만둔
동생의 아침밥을 걱정하는 동안
물이 졸아들고 냄비는 숨이 막혔다.
눈이 나빠진 건 내가 던진 위로와
세상이 보낸 거절 간의 온도 차이 때문이지.
눈치 빠른 가스레인지가 짜증스런 경고음을 울리며
저절로 꺼지자 탄내가 쏟아졌다.
아차, 모든 것이 실수라고 변명했다.
집에 난 모든 구멍을 열자
어딘가에서 가출한 바람이
맛있는 고구마 냄새를 허겁지겁 먹어치운다.
몸 속 깊숙이
너의 췌장 끝까지 환기가 필요해.
그의 어머니는 돌아가시기 전에도
여기저기 전화를 걸어
혼자가 될 동생 김치를 담가주라고 했다.
속이 샛노란 호박고구마
흙 속에 있을 때도 달았고 죽어 익어서도 달다.
내 몸에 웃자란 것들은 모두 세월이 탄 자국이다.

너에게 내가 가지지 못한 것이 있다

나는 초록색이다.
검은색이 되고 싶어서
빨간색인 너를 만났다.
나는 따뜻한 초록이고
너는 차가운 빨강이다.
더운 것과 추운 것은
물과 기름처럼 층층히 겉돌아서
우리는 서로에게 상처 주는 말만 되풀이했지.
너는 내 몸에 난 구멍을 청소해 주었다.
네가 나에게 흘러들어서
나는 조금씩 검어지길 기대했다.
노란 것 같은데 푸른 이가 지나가고
보랏빛인데 하얀 이웃들이 천장에서 소리를 낸다.
네가 싫어진 건
나는 이제 그만 다른 색이 되고 싶어서다.
사랑은 언제나 조색이다.
색은 섞을수록 빛을 잃어가던가.
너를 만나 만든 색으로
내 삶의 구석을 초벌한다.

종점의 다른 말

그가 종양을 떼어내고 퇴원하는 길.
한겨울 찬바람이 서성이는 버스정류장.
미리 버스 시간을 보고 나왔지만
조급함이 시곗바늘을 재촉했다.
버스를 놓치지 않으려면 오래 기다려야 한다.
열선이 켜진 대기의자에 앉아
도착할 버스의 이름을 세어본다.
건너편과 헷갈리면 과거로 돌아가게 된다.
신경이 없는 가로수는 무심하게
맞은편 병원으로 들어가는 사람들을 바라본다.

커피를 사러 나갔던 병원 지하 1층.
우연히 엘리베이터에서 쑥 빠져나온 병상 하나.
흰 천이 머리끝까지 덮여 있다.
눈으로 가늠하는 가려진 사람의 묵직한 부피.
어느 젊은 여인의 눈물이
낭떠러지를 만난 듯 추락한다.

한겨울 버스 대기석은 따뜻하게 데워져 있다.
몸은 얇은 점퍼.
찬 바람이 심장을 어루만진다.

굴에 생긴 작은 곰팡이를 조심스럽게 떼어낸다.

춥다.
햇살이 줄 서서 기다리는 창문에 커튼이 걷힌다.
아, 살아 있구나!
죽음이 독수리처럼 날아왔다 싱긋 웃어주고는
빈손으로 유턴한다.
집으로 데려다줄 버스가 온다.
껴입던 추위를 벗고 교통카드를 찍는다.
기사는 종점에서 만난 손님이 반갑다.
출퇴근 시간 피한 오전 11시.
타는 문과 내리는 문은 한 자리.
버스 안에 빈자리가 많다.

카페의 허밍

원두를 볶아 갈아내는 커피머신은 집을 짓고 있다.
바리스타는 지나간 계절을 입고 있다.

통창으로 무심히 지나가는 행인들의 걸음걸이.
붉은 입술의 여인.
따뜻한 아메리카노를 테이크아웃하고
나는 혼자서 책을 읽다가 벽 속의 포스터가 되었다.

사랑을 말하기에는 이제 지쳤어.

주린 배는 카페인을 들이키고
카페의 음악 소리에는 가사가 없다.
메뉴판에 있는 커피의 여러 이름.
신맛, 고소한 맛 원두.
주문하면 지금 안 된다는 음료를 불러본다.

당신의 커피잔에는 슬픔이 고여 있다.
오래 앉은 자리에
나라는 자국이 남을 까봐 일어선다.
발에서 의자 끄는 소리가 난다.
우유 스팀이 끓어오르며

내 마음의 사화산이 심호흡을 한다.

문 없는 집 2층에 창문이 열려 있고
아이스커피의 얼음은
빙산이 되어 내 마음을 떠다닌다.
옆 테이블 마주 보는 연인들은 말이 없다.
사랑은 끝났는데
마음 한구석에 어디라도
작은 사랑이 남아 있을까봐
헤어지지 못한다.
그들이 들여다보는 핸드폰에는
오래전 시간이 녹화되어 있다.

열릴 때만 소리가 나는 카페의 문.
말 없이 간 사람이 두고 간 추억을
분실물함에 넣어두는데
없어진 당신을 찾는 이가 없다.

3인칭 관찰자 시점

그는 몰래 버린 음료수통처럼
길모퉁이에 던져져 담배를 피운다.
염증이 있는 나의 위에는
자명종 같은 카페인의 윤슬이 번뜩인다.

희고 담백한 그의 한숨.

나는 그저 내 길을 갈 뿐인데
그는 내가 자길 피한다고 생각한다.

당신의 속마음은 이미 들은 걸로 할게요.
말하지 말고 삭히면 빨리 잊어요.

어차피 듣고 흘려버릴 신발 밑창 소리.
멀리서 냄새만 맡고도
멀찍이 돌아서 온 길이 인생이 되었다.
모르는 번호라서 받지 않은 전화처럼.

눈을 피해 슬쩍 돌아보니
시선이 교통사고처럼 부딪힌다.

서로를 들이받은 두 사람은 멈춰서서
조용히 보험회사 직원을 부른다.
인생이라는 촬영장은 일순 멈추고
7:3의 과실, 유턴할 수 없는 곳에 돌아선 미련.

정이란 건 깨진 손톱처럼
니트 올을 헤집는 사나운 것.

규칙이 없다면 우리는 서로에게 사냥감이다.

나를 지키기 위해 험담을 방패 삼았다.

텅 빈 몸에 매번 인연인 줄 알았던
사람의 말을 담아두고
처마 아래 복을 부르는 된장처럼
발효되는 줄 알았다.

외로움이 심장박동처럼 뛸 때면
보풀이 일어난 옷을 버리며 다시 태어나고 싶었다.

따뜻한 커피 한 잔을 들고 통화 중인 여자
혼잣말로 쓴 그녀의 일기는 3인칭 관찰자 시점이다.

그녀의 표정은 선량하지만
언제든 남의 옷에 커피를 쏟을 수 있어.
사과 한 마디에
쉽게 용서해 줘야 할 것들.
나는 그녀를 향해 윙크를 날리고
연기 한 줌이 된 그녀와의 우정.
어디선가 다시 만나면 우리는 서로 멋쩍지.

원점으로 돌아갈 자리에 서면
습관적으로 소변이 마렵다.
집으로 재촉하는 길.
남자도 여자도 없어진 풍경에 어깨를 부딪힌다.
인물이 없는 그림을 볼 때면
남에게 슬픔이 되는 미소를 지을 줄 안다.

드로잉

주름의 씨줄과 날줄을
다시 풀어지지 않도록 묶어 만드는
너라는 천.
세월이 그은 연필선.
숱한 연습으로 반듯하고 안정적이다.
흑연이 묻은 종이 표면은
화상 자국처럼 번뜩인다.
그저 손을 잡았을 뿐인데.
어두운 부분을 칠하기 좋은
눈물 흘릴 때 생긴 빗금.
웃을 때 저지른 선의 생략.
나는 이 계절의 바람보다
가벼운 옷을 입고
사랑의 끝을 열린 결말로 짓는다.
편하고 아늑한 옷의 구김들.
우리의 대화에는 빈틈이 없다.

막다른 골목의 마침표, 낙엽

낙엽이 떨어진다.
충분히 밟고 지나갈 수도 있었다.
다만 내 보폭과 일치하지 않았다.
자꾸 어긋나는 우리의 대화처럼.
너무 가벼워 부서지지도 않은 잎사귀는
늙어가는 몸을 회전하는 혈관처럼
구불거리는 선이 죽죽 그어져 있다.
미로보다 더 현란한 끊어진 다리.
다시 돌아가는 길이 있나
앞뒤를 뒤집어본다.
모든 이들이 길을 잃은 어느 골목.
처음으로 돌아가는 버스의 종착역에 서서
너를 기다린다.

히비스커스

먼 이국 천 년의 흙으로 빚어 구운 찻잔.
입술을 댄 자리마다
떠나간 연인들이 지층이 되어 용용하고
거품을 내뱉으며 끓는 물.
삼각티백이 물에 빠진 사람처럼
허우적거리는 붉은 물.
냉기 어린 장기를 위로한다.
당신의 대화는 언제나 결말이 없고
내가 뱉은 말에서 피어난
히비스커스 꽃 한 송이.
사랑은 언제나 선연한 붉은 색.
당신이 지나는 자리마다 바람이 불고
당신의 그림자가
티백처럼 이 거리를 물들인다.

제2부

빨래의 소매에서 새살이 난다

다친 자리에 꽃과 나비가 쏟아진다

피아노 악보 쉬운 마디를
자신 있게 반복하다가 춤을 췄지.
그러다가 구석에서 나온 쓰레기통을 툭 쳤어.
한데 엉킨 나비랑 꽃이 쏟아졌어.
버려진 것들은 복수하기 위해
허공의 아름다움을 모두 빨아들였지.
고무 같은 응집력이 있는
그 한 줌 물 같은 풍경을
손으로 떠다 퍼내면서
이음줄로 덧대어놓은 멜로디에 꿈을 실려 보내.
정리된 삶을 살고 있다고 말하는
나는 미니멀리스트.
필요 없는 것들을 모아둔 쓰레기통은
내 가슴을 비집고 떠난 새가 만든 둥지.
혼자인 것이 좋은 암컷 새는
오늘도 외출 중이다.

전단지 편지

아직 가지 않은 겨울의 끝자락을
껴입고 나온 그녀는
자신의 청춘이 휘갈겨 쓴 전단지를 나눠준다.
그는 그것이 미래를 담은 편지 같아서
시간당 5천 원인 그녀의 하루를 받지 않았다.
살다 보면 길을 가로막는 딱한 사정에
발걸음을 멈출 때가 있다.
모르는 사람의 인생 이야기는
듣고 싶지 않아
참았던 말을 했더니 체한 것이 반쯤 내려갔다.
내 말에 상처받은 사람들이 걸어간다.

잊은 것 놔두고 온 것을 찾으러
도서관에 들렀다왔다.

누구나 시간은 없다.
거절하고 싶어지면 바빠진다.
끝까지 듣지 않은 말은 거짓말이 되지.

진흙탕에 핀 무지개

진흙을 밟은 발.
신발 밑창이 갓 구운 식빵처럼 폭신하고
이빨 자국은 화단의 꽃잎처럼 오므린다.
끈적하고 짙은 흙은
인생의 대변과 같이 발바닥에 들러붙어
발자국을 드래그한다.
완전히 믿었을 때 훌러덩 넘어졌어.
타일이 촘촘한 활주로.
네가 걸어간 거리는 대충 쓴 메모처럼
낙서 혹은 자화상이다.
습기를 머금은 진흙.
너는 접시를 빚고 컵을 빚고 집을 빚는다.
한여름 같은 감기로 열을 내서 굽는
네가 살아온 자리.
가까운 사람의 배신을 농담 삼아
안경에 어린 무지개를
잠시 바라보는 황홀경.

시인은 영혼을 재생한다

너의 안경을 닦아줄게.
너를 바라보는 나의 안경에는
먼지가 묻어 있다.
부드러운 말로 닦으면
말끔해지는 세상.
시인은 눈물 속에서 따뜻함을 찾고
화사하게 노래할 수 있는 사람.
시인이 없는 거리는 쓸쓸하다.
걸음 멈춰 내려다보면 난간 아래.
시는 어디에도 있어.
시를 쓰는 것은 고통 속에 의미를 찾는 일.
보듬어주고 사랑해 줄 수 있는 것.
나는 이 거리의 시인이다.

사람의 마음속에 꽃처럼 피어있는
시.
시는 모든 것의 결말이다.

새순이 돋는 무도회장

저와 춤 추실래요?
강아지를 데리고 나온 여자는 통화 중이다.
마술처럼 자기 이야기를 꺼내어 놓는다.
어딘가에 자기 자신을 방치한 채.
스팸 전화 발신음은
한 소절로 끝나는 인생의 노래이다.
겨울이 이제 갈까.
나는 스텝을 밟으며
너의 손을 잡는다.
자리에 일어서는 오후 세 시.
사람들이 모여드니 숲은 신이 났다.
분실물을 다 찾은 듯한 기분.
빈 벤치가 농익는 산책로는 무도회장이다.
검은 안경을 쓴 나는 태양과 눈을 마주치고
빙글빙글 회전을 한다.

환절기는 녹화 중

1
누가 만들어놓은 조각처럼 서 있는 나무.
무성하던, 벌레 먹은 이파리가 다 떨어져
홀가분하다.
너, 이름이 뭐지?
발 닿는 흙 어디쯤 명찰표를 보려는데
신호등 색이 바뀌자 돌아보지 않고 휙 떠나가네.
좀 더 나다워지고자 겨울옷을 벗어들고
공기를 들이마신다.
오리가 고개를 박고 순진한 물고기를 집어삼키는
물가에는 숱한 인생의 치부가 상영되고 있어.
지금은 NG컷.
인생의 심각한 일이 터질 때마다 헛헛하게 웃었다.
나의 거울에 네가 그림을 그렸다.
연필로 그려진 나의 비밀.
나도 거울 속에 나타난 내 모습을 따라하고 싶어.
손바닥에 난 새순이 정오를 가리킨다.

2
새끼로 태어나 흙탕물 위를 어미 따라
졸졸졸 쫓아가던 아기 새는
내가 호수를 반 바퀴 도는 동안 청년이 되어
무리와 함께 하늘 높이 날아간다.
번지점프를 할 때 나는 처음으로
내게 날개가 없다는 사실을 깨닫고 소리를 질렀지.
정해진 길만 가는 나의 발도 원래는 뿌리였어.
차곡차곡 쌓아둔 사진첩은
내가 시간을 확인하기 위해 보는 시계야.

3
산책로에 자기만의 은신처를
마련해 둔 까치는 갈라쇼를 한다.
호수공원에 새가 많다고 말하지만
새들도 누가 몇 시에 여길 왔는지 알고 있어.
갑자기 숨이 멎어버린 사람 영혼도
그들이 하늘에 물어다 준 거야.
누구의 마음이 바뀌었는지도 알고 있지.
창공에 그어진 새들이 남긴 비행운.
너와 내가 영원하지 않아도 괜찮아.

4
진흙에 새겨진 너의 발자국.
열을 머금은 햇볕이 낮은 온도로 굽는다.
불쑥 튀어나온 우리의 몸은
누군가가 만들어둔 부조.
말수를 줄였더니 기억할 것이 없어졌다.
손목의 스마트워치는 네가 걸어온 길을 기록해.
몰래 버린 내 마음을 수집해.
너를 사랑했던 마음,
네가 모은 나의 데이터에는
내가 없다.

따뜻한 물과 달걀

너는 떠나기 전 알을 낳았다.

둥지는 없었는데
이 좁은 집이 너의 둥지였다.

냉장고에 들어간 달걀은 오랫동안 죽지 않았다.
새가 되지도 않았다.
대신 오래 사는 법을 알게 되었다.

표면장력이 흐물거리며 끓어오르는 물.
소리 내서 자맥질하는 달걀 세 개.
껍질에 새겨진 난각번호가
희미하게 떠오르고
닭은 사랑했던 이를 떠올린다.

출생의 비밀은 모두를 놀라게 하지만
몰랐던 것을 알게 된 것을
비밀이라고 할 수는 없다.
알고도 숨긴 것을 너의 마음이라고 하듯이.

가볍고 작은 우산

비가 올 것 같은 예감이 들면
가볍고 작은 우산을 가방에 넣어둔다.
그러면 비가 오든 말든 마음 놓고 쏘다닌다.
햇볕 쨍한 날에는 양산도 된다.
햇살이 송곳이 되어 내 볼에
자잘한 마침표들을 찍기 전에
가볍고 작은 우산을 펼친다.
가방 속에서는 편하고 무해한 우산이
막상 쓰고 나면
꽃줄기 같은 우산대가 바람에 벌렁 휘어진다.
화단의 상수리나무, 굴참나무가
키득키득 웃는다.
절망 앞에서 좌절 대신 조금 부끄럽기만 한 것은
누군가의 실수에 화내지 않고
웃어주는 여유가 있어서다.
태풍도 아닌 산들바람에 휘어지는 우산.
결국 우산을 접고 가려는데 바람이 뚝 멈춘다.
포기하면 이루어지는 일들은 꼭 있다.
다시 우산을 펼치고 가는 걸음.
사실 나는 아무것도 포기한 적이 없다.
다만 바람을 멈추었을 뿐.

이불의 춤

바람이 춤을 추며 이불을 말린다.
이불은 밤새 감싸안았던 이들을 기억해.
하나가 되기 위해 몸부림치던 이들
부싯돌처럼 사랑을 비벼도
미지근한 불꽃으로는 라면도 끓일 수 없어.
얼어죽을 것 같은 연인들은
각자의 허공에 꽃을 피워.
사랑을 찾다가 사랑이 없다고
보물찾기에서 기권을 선언하지.
허기를 달래는 공허함.
내 앞머리가 뒤로 넘어가는 걸 보니
또 바람이 춤을 춘다.
나오다가 마는 소량의 눈물은
건조한 시야를 더욱 메마르게 한다.
일몰의 뙤약볕.
창공에서 분해되는 붉은 온기.
촛불이 뜨거운 건 붉은 온도 때문이 아니라
잘 들여다보면 보이는 파란 표면에 난
잔가시 때문이야.

백색소음 파도 소리

배 난간
실수로 떨어뜨린 붉은 술병
너울은 남은 술을 모두 삼키고
혼자 된 달빛에 눈 감다가
두 동강 세 동강 바스러지고 말았다.
취한 하늘은 돌아누워 잠든다.
술병 하나가 없어졌지만 아무도 몰랐다.
사방 날을 세운 파편들은
축축한 모래사장을 향해 헤엄쳐갔다.

아무도 찾지 않는다.
버려진 것들의 행방.

나를 침식시키는 것은 너의 말이었다.

바다에 가면 안심해도 돼.

스치기만 해도 베일 것 같던
붉은 조각은 동글동글한 돌이 되어
연인이 죽어 눈물을 증발시키던
어느 숙녀의 손에 들어갔다.

붉은 돌은
보석처럼 난시의 눈을 산란한다.

그녀가 사는 원룸.
선반 위에 놓인
목마른 선인장은 제 발밑에
붉은 보석을 내려다본다.
어디선가 녹음된 파도 소리.

분실보관함

목욕 바구니를 보니 비누통이 없어져
목욕탕 분실보관함을 살펴보았다.
구멍 뚫린 파란색 플라스틱통.
낡아빠진 샤워볼과
색바랜 텀블러는 있어도
비누통은 보이지 않았다.
그러고 보니 없어진 지 꽤 된 것 같다.
잃어버린 물건 신세가 된 유실물들은
하루이틀 주인을 기다리다가 폐기될 것이다.
나도 언젠가 누군가가
잃어버린 사람이 된 적이 있다.
나를 찾아줄 때까지 기다리는 것이
내 삶이 된 적도 있었다.
다시 새것이 되어 진열될 수 없는
누군가의 손때.
찾아가지 않은 물건은
누군가 발견하여 유실함에 두었을 것이다.
낡지 않아도
아무도 훔쳐 가지 않는 물건들.
버려놓고 잊어버렸다는 변명은
한번 듣고 흘리기에 좋다.

빨래가 끝났다

보송하게 마른 빨래.
다시 새 옷이 되었다.
만지면 옷이 숨을 쉰다.
걱정이나 한숨 같은 노폐물들이
구정물과 함께 물러갔다.
새 옷도 사면 한번 빨아 입는다.
잘 세탁된 옷을 갈아입으면
기분이 좋다.
무엇이든 새출발할 수 있을 것 같은 기분.
개어진 옷들은 무한 루프처럼
다시 옷장으로.
매일 아침 새로운 세탁이 시작된다.
빨래건조대에는 오전에 마친 빨래들이 널려 있다.
남서향 창문으로 들어오는 햇살은 물기를 매만진다.
나에 관해서 잘 알고 있는 낡은 속옷들.
말 걸면 따뜻한 향기로 돌아오는 대답.
빨래에 남은 얼룩은
하고 싶은 말을 참으며 허밍한다.

제3부

목욕하는 꽃

변함없이 사랑한다

꽃박람회에서 천 원짜리 다육 식물을
한눈에 반해서 사 왔다.
조금 더 비쌌으면 안 가져왔을 텐데.
그러고는 물 한 번 제대로 주지 않고 있다가
갑자기 생각이 나서
죽었는지 살았는지 살펴보니
쓰레기통 옆에서 아직 죽지 않고 살아 있다.
해가 들어오는 창 쪽으로
가지와 잎을 세운 그 모습은
서투른 요가 동작처럼 불편하다.
먼 고향 떠나오는 날 이삿짐을 줄이려
이웃에 주고 온 난초들이 편지를 보내왔다.
몇 년에 한 번씩 꽃을 피우던 난초는
물 주던 사람에게만 향기를 풍기며
그렇게 사랑한다고 말한 적 있다.

몸속에 피는 꽃

뱃속에 씨앗이 있어.
나는 그걸 낳아야 할까.
토해내야 할까.
거친 생이라도 태어나고 싶은 것이
살아 있는 것의 본능이니까
그대로 내버려두면
내 몸은 언젠가 껍질처럼 갈라질 거야.

괜찮아.
냉랭한 심장 속이라.
발아하지 못할 거야.
축사에서 어미가 주저 없이
먹이와 교환한 알처럼
영영 태어나지 못할 거야.

모든 탄생이 시작되는 동그라미.
입이나 콧구멍도
잘 보면 다 동그라미야.

사랑하는 일.
미안한 일.

내가 먼저 말하는 일은
없을 거야.

내 손가락 마디에서
왼쪽 갈비뼈에서
꽃망울 터지는 소리가 난다.

물이 말없이 식었다

머그잔에 남은 이빨 자국.
나는 단 하룻밤 만에 다 잊을 수 있었다.
혼자 차를 마시며
흐린 잔상과 대화한다.
가끔은 귀 끝까지 붉어지고
다만 내가 놓친 것은
너에게 남겨둔 기억의 자국.
나의 두 팔은 덜 자란 채소처럼 싱싱하다.
나는 너에게 다시 생각하지 않을
그저 휘발성 강한
수용성의 잔여라고만 생각했다.

나는 타인들에게 나에 대한 기억을
너무 많이 남겨두었다.
버려두었다.
졸아붙은 찌개에 건더기처럼
어디선가 바람이 불면

사실 그건 진공청소기처럼
빨아당기는 거야.
돌아가야 하지만
지나간 달력은 모두 뜯어버린 뒤야.
나는 네가 차가워지면
얼음이 되었지.
따뜻한 김을 풍기는 어떤 유령.

인공호수 산책

냉장고를 열어보니
모르는 새가 알을 낳아두고 갔다.
나는 따뜻한 물에 익혀 간장에 찍어 먹었다.
껍질은 음식물 쓰레기통에 있는데
조각난 알은 내 속에서 부화를 하려고 한다.
얇은 패딩을 입은 여자는 뒤로 걸어간다
인공호수의 윤슬이 별밤보다 밝다.
가장자리에 걸린 구명보트는 눈부심을 참으며
며칠 전 얼어죽은 메기에 관해 생각한다.
새끼오리 위장에는
떠난 엄마가 물어준 먹이가 들어 있다.
뒤로 가는 여자는
마주 오는 사람과 멀어지고 싶다.
너의 발걸음 소리는
이 세상의 숨소리.
물에 빠진 사람을 구하고 죽은
어느 대원의 고함소리.

눈이 콩알 같은 작은 개는
주인을 데리고 다닌다.
자신의 가슴줄을 내어주고
기억할 것이 많아진 여자는
핸드폰을 두고 왔다고 탄식한다.
인공호수는 언 자리 없이 출렁인다.
어느 가족은 줄지어 철새처럼 뛰어간다.

봄이 오는 중이다.

다정한 연인들

남자의 말에는 가시가 있고
여자의 말에는 털실이 있다.
그들의 어깨는 서로 수평이 맞지 않다.
개똥 같은 미련을
분변수거함에 버리고
어떤 이는
돈 없이 집 사는 방법에 관하여 떠든다.
여자의 파란 털실은
씨줄과 날줄 없이 봄을 맞이하고
남자의 빨간 가시는
씨앗이 잠든 밭 이랑에 요행에 관한 독설을 한다.
연인들은 나란히 걸으며
더 사랑하는 사람이 안쪽을 차지한다.
새들이 하늘에 지름길을 죽 그어놨다.
정장을 입은 까치는
둥지의 분양가를 매기고 있다.
여자는 어느새
남자의 몸을 짜고 있다.

오래된 것들은 아프다

사다 둔 지 좀 지난 귤에게서 신음소리가 난다.
뒤집어보니 바닥 부분이 물렀다.
대충 잠가 둔 비닐 팩 켜켜이 잘린 식빵이
이를 악물고 있다.
보드라운 빵결에 거뭇한 곰팡이가 폈다.
오래된 연필심 같은 퍽 괜찮은 검정색이다.
증상 없이 병든 너의 몸.
무서운 세포가 너를 발끝부터 씹어먹고 있었다.
생일을 축하하는 생화의 허리가 고꾸라졌다.
진통제가 필요했다.
20년의 달력을 빨던
세탁기는 탈수를 하다가 경고음을 내뱉었다.
뒤엉킨 빨래는 새 옷이 되지 못하고
다시 태어난다.
누런 벽지.
발길에 채이던 부대낀 모서리.
오래된 것들은 아프다.

겨울의 뒷모습

1
사다 둔 핫팩이 아직 남았는데
겨울이 다 가고 있어서 가슴이 철렁했다.
영상의 온도
앙상한 나뭇가지에서
새순이 올라오는 것을 보고
겨울이 말도 없이 갔나 싶어서 전화를 걸었다.
나는 당신에게 모르는 번호이다.

2
잊지 말아라.
내 말을 똑똑히 들으라고 했지만
나는 핸드폰을 두고 왔다.
눈앞에 본 신기한 장면을
증명할 길이 없다.
마음이 떠난 너의 말은
점점 거칠고 질겨진다.

3
아직 바람이 차서 다행이다.
맨살에 돋아난 화상 자국
나는 양초처럼 녹는다.
죽은 이파리를 풀로 붙인
겨울나무가 작별 인사를 한다.
또 보자.

식빵이 오븐에서 구워지고 있다

미니오븐은 뜨겁다. 당신은 시냇물이 흐르는 눈으로 식빵을 들여다본다. 태양처럼 뜨거운 열기. 표면이 노릇해진 반죽이 부풀고 있다. 식빵은 당신의 손자국을 기억한다. 손가락은 힘껏 쥐었던 기억을 놓쳐 버렸다.

어쩌다 상한 당신의 기분은 물을 만난 밀가루처럼 질척거렸다. 도저히 용서하지 못할 것들. 나는 능숙하게 반죽을 때리고 이스트를 넣는다. 세월이 흐른다는 것은 발효되는 것이다. 당신의 겨드랑이에서 신 냄새가 난다.

시계는 동그랗게 제자리걸음 중이다. 당신의 살은 반죽처럼 부드럽다. 언제든 소음없이 헤어지기 위해 빵틀에 버터칠을 하고 나의 인생을 돌돌 말아 넣는다. 오븐에 타이머 돌아가는 소리. 빵을 굽기 위해서는 사랑에 빠질 때처럼 뜨거운 온도가 필요해.

비밀을 말하기 전에는 예열이 필요하다. 오븐 안에서 빵이 구워지고 있다. 고소한 냄새가 나며 몸부림이 춤이 된다. 성마른 흰빛이 사라지고 있다. 당신은 몇 번 시뻘건 열선에 데일 뻔 했다. 운명이라고 생각한 일이 허깨비였음을 깨닫는 데는 빵이 구워지는 시간만큼 길다.

사랑을 모르는 나의 몸은 반죽이다. 당신은 나에게 효모를 선물했지만, 외로움의 냉기 속에서 발아되지 못했다. 사랑의 유해함을 아는 나의 지혜는 독이야. 낯선 이가 보여준 친절함은 그 사람의 허기로 덧칠되어 있다. 빵틀에서 탈출한 식빵은 몸을 식힌다.

독

너에게는 독이 있어.
독을 빼내고 나면 식상해질 것을 알기에
나의 너의 뿌리를 만지지 않아.
흙냄새는 오래 가고
검은 색은 따뜻한 물로도 잘 지워지지 않아.
너의 사나운 발톱이 양말에 구멍을 내고
너의 비밀들이 그 사이로 인사 없이 도망을 가.
너의 독으로
나는 세상을 들어올리는 근력을 만들어.
손톱을 세워 허공을 긁으며
어제 내린 눈 같은 허연 각질이 일어나
너는 터지기 직전의 적색거성.
너의 외로움과 슬픔을 나에게 이야기한들
나는 너의 진실은 어디에도 착륙하지 못해.
너에게는 독이 있어
나는 너를 먹을 수 없어.

사람들은 함부로 자신의 비밀을 이야기하고
위로와 공감을 바라지만
타인의 독성을 맛보게 돼.

쓰러지고 싶은 충동을 느꼈던 그녀는
가만히 참았다가
목욕탕에 가서 쓰러졌다.
모르는 사람들이 다급하게 그녀를 눕히고
구급대를 부르기 전에 그녀는 눈을 떴다.

평소 친하게 지내던 친구들은
멀찍이 뒤에 서서
그녀의 하얀 얼굴과
감은 눈을 바라보고 있었다.

목욕하는 여인들

40도의 물.
부력은 애써 나를 떠나보내던 너의 손짓 같다.
깊은 그 아래 보이지 않는 수초.
너무 뜨거운 곳과
너무 차가운 곳은
아무나 들어올 수 없어 안전하다.
웅크린 몸을 펴면
몸속에 얽혀서 그대로 매듭이 되어버린
혈관이 팽창한다.
하얗게 비워진 자리
머릿속 향념이
먹고 싶은 것만 들이키는
목구멍처럼 배수되고
가슴에 부항을 뜬 어느 여인
자기 살아온 이야기를 하는
소리가 부표처럼 떠올라
나는 여인을 위로하며
그녀가 감추는 비밀을 악보에 옮긴다.
그녀가 무슨 말을 하는 지는 모른다.
따뜻한 욕조.
그 위로 떠다니는 백조들.

불러도 돌아보지 않는 도도함.
물을 만져보면
적시는 것에 아니라 부드러운 것이다.
젖은 머리카락이
풀이 되어 흩어지는 오후.

이제 깊은 잠에 빠질 것이다.

칼날의 스침

칼이 아름답다고 생각했다.
하늘의 모든 빛을 그러모아
영롱하게 반짝이며
허방에 피 한 방울 내지 않고
바람을 자르는 그 칼이 근사했다.
나를 겨누고
내 안의 시만 남겨두고
나를 발라내는
그 칼을 사랑한 적도 있었다.
서로에게 상처만 주었던 사랑.
감정의 거짓말에 속아
심장을 내어주면 안 된다.
욕망은 언제나 제물이다.
나는 둔탁한 방패가 되어
칼을 두 동강 내어놓는다.
두 번 다시 알 수 없는 감정을
사랑이라고 속지 않는다.

죽음의 취향

털실 장갑 한 켤레.
누군가가 벗어놓고 간 손.
이제 잡지도 않고
놓지도 않는 왼손과 오른손.
내 마음속에 들어있는 유리의 혼.
심사가 한 번씩 크게 흔들릴 때면
산산조각 나는 혹독한 광경.
내 피보다 따뜻한 물을
습관적으로 마시며
말없이 가까이 와 있는
죽음의 취향을 가늠한다.
네가 인사를 하지 못하고 떠나간 것은
아마도
너의 끝이 어디인지 몰랐을 테고
함정마저도 인생의 길인 줄 알고
걸어가던 나는
돌아다보는 그림을 그리면서
그것이 잘 짜여진 자화상인 줄 알았지.

허공의 꽃

꽃이 울고 있다.
흰색 물감이 눈물처럼 바닥에 물수제비 뜬다.
그 안에 소녀가 말하지 못한 기억을
지우며 노란색 침묵으로 숨결을 불어넣는다.
이 세계를 가둔 것은
거울이라는 프레임.
줄기 없는 꽃대가 자맥질하며
나는 쉼 없는 발자국으로 너를 부른다.
소녀의 눈물이 그치고
하얀 구름이 당신의 마음 아래에 떴다.
허공의 가로막힌 길.
그것은 추운 겨울 날
우연히 말을 숨기던 내가
누군가의 핸드폰 알람 소리와
어깨를 부딪혀 흘린
한숨이다.

파도의 춤

가까이에서 멀리 파도가 치면
악몽을 꾸고 난 뒤
이불이 돌돌 말려 들어가듯
파도가 밀가루처럼 희게 번진다.
단숨에 바다가 사막이 되었어.
아무도 살지 않은 어느 밤처럼
전화벨이 울려 건조한 폭풍우.
잔잔했던 너는
그곳에서 네가 벗어둔 신발들 들고
노래를 부른다.
저 깊은 해저 샘솟는
맑고 푸른 눈물을.

멈추지 않는다면

횡단보도를 건널 때면
이 길이 여차하면
벼랑으로 떨어지는 외나무다리 같다.
언젠가 보았던 교통사고 현장.
소방차가 와서 핏물을 씻어내던 장면은
점심 때 먹은 메뉴가
잘못 나와 언짢았던 허기를 떠올리게 한다.
다시 그 길을 가지 않으려고 했지만
돌아가려면 지나야 했던 그 건널목.
메마른 눈빛으로 몇 번 거닐었다.
도로 위의 하얀 선도 신호등도
그 일을 기억하지 못한다.
다만 피가 스며들었던 도로만은
망각이 된 괴로움을 회상한다.
붉은 신호에도 전력 질주하는
짐승 같은 자동차.
제 갈 길을 가겠다던 너의 뒷모습을 닮았다.
가슴팍에서 권총 같은 휴대폰을 꺼내서
그 찰나를 흔들림 없이 찍어보고 싶어진다.
어느 순간부터 저장되는 것은
추억이 아닌 증거들의 초점.

행복한 자는 갑자기 멈출 줄 안다.
서행하는 것은 울지 않는다.

두 시간의 노을

항아리 안에는 혼이 들어 있다.
몇 사람의 숨소리.
엉망진창으로 섞여버린 탁한 색에도
순식간에 분해될 준비는 되어 있다.
우리가 만난 건
아름다운 색이 되기 위한 조색의 과정이야.

-여긴 네가 있던 자리가 아니야.

청백의 배경에는
우주 저 멀리에서 날아온 별의 죽음과
블랙홀의 휘파람 소리가 용해되고
관처럼 조용한 마루.
그 위에 덮인 크림 같은 텍스타일.
허공에 숨겨진 입술이
입을 쩍 벌리고 날름 입맛을 다신다.

-미안하다고 말했지만 대답을 들을 수는 없었지.

식은 물을 안고 있는 주전자는
언제든 울 것처럼

눈망울을 반짝인다.
먹지 못하는 동그라미가
과거를 점치듯 사방에 분사되고
말더듬이 시계는 연도를 가리키지 못한다.

-우리가 함께 했던 세월들이
계절의 틈으로 사라지는 새떼처럼 녹아버려.

하늘에서 벌써 수십 마리의 새가 사라졌는데
아무도 알지 못한다.

저녁의 낙화

꽃은
이 세상의 숨은 틈을 빨아들여 핀다.
덜 마른 과거의 색깔.
함부로 보는 사람의 시선에
묻어서 지워지지 않아
여인은 한아름 꽃 뒤에서
마음을 숨기기 위해
공기의 가장자리를 바라보며
어떤 시간은 핀다.
내가 잘 사용하지 않는
물건들에 밴 당신의 체취.
구석에서 늙어가는 꽃의 수술이
배고픈 고양이의 눈동자처럼 번뜩이고
누군가는 덫에 걸려 마법 같은 사랑에 빠진다.
여인의 두 볼이 푸르게 물든다.
누구에게나 사랑은 한 번 뿐이다.
다시 오는 사랑은 사랑이 아니다.

빨래를 개며

실내에 놓아둔 빨래건조대.
잘 마른 속옷들을 꺼내 개어둔다.

시계는
놓친 것들을 뒤돌아보는 시각을
가리키고 있다.

다시 시작하려는 일에
늦었다고 조언하는 이들도 있었다.

지금 멈추나
계속 하나
달라지는 건 없다.

다만 내 삶에 놓친 것이 사라지는 것이다.

다시 삶을 잘 시작해 봐야겠다.

고등어

어이쿠, 죄송해요.
돈이 떨어졌네요.
천 원짜리 지폐에 생선의 붉은 물이 든다.
어린 시절 쪼그려 앉아 구경하던 어시장 좌판.
40년째 생선 파는 할머니는 넉넉하게 웃으며 말한다.
젖은 돈이라도 좋아. 많이 주면 좋지.
할머니의 손아귀에 눕힌 고등어는
배가 갈리고 내장이 잘려 나가고
플라스틱 같은 잔가지를 내보이며
파도의 빛깔이 남은
껍질의 지느러미를 손질한다.
어찌나 솜씨가 좋은지 요술 같고 마술 같다.
청춘을 시장에서 보낸 할머니는
뱃살에 맨 전대에 세월의 때가 스민다.
난장판이 된 도마 위에
동그랗게 뜬 고등어의 눈은 미동이 없다.
물에서 나와 살아보겠다고 날뛰던 몸부림은
어리석은 것이 되었다.
맛없다고 잘려 나가는 내장들은
한구석에 치워지고
고등어는 마치 솜씨 좋은 관리사에게

관리를 받듯이 드러누워 개운해 보인다.
몸이 피로가 풀린다.
죽음이라는 것은 그런 것이지.
마사지처럼 시원한 거야.
할머니는 바가지에 찬물을 넣고
고등어가 있는 도마에 붓는다.
찬물이 고등어를 깨워보지만
고등어는 늦어도 된다고 생각한다.
고등어 핏물이 장화 신은 할머니 발밑으로 들어가고
할머니는 3분도 안 되어
손질을 끝내고 봉지에 담아낸다.
그냥 구워서 먹기만 하면 된다.
프라이팬에서 노릇하게 구워지는
고등어는 대가리만 남은 채 생각한다.
생애 그 무엇도 잔인한 것은 한 번도 없었다고.

작은 소망

고마운 사람은
언제나 고마운 사람으로만 남았으면.

그에게 실망하고
미워하고
거리를 두는 일이 없이
그렇게 살았으면.

나는 언제나 나의 마음을 간직하기 위하여
훌쩍 떠나곤 했었지.

인생의 달콤한 장면을
혼자서 반복 재생하며
늙지 않기를 꿈꾸곤 했었지.

원심력

물 위에 뜬 나뭇잎.
부력이 떠받치고 있는 것은
아무도 타지 않은 배다.
노가 없으니 바람이 분다.
나는 정처 없이 사는 것 같아도
사실은 어딘가에 매여 있다.
묶여 있다.
지구가 태양에 사로잡혀
같은 길을 돌고 있듯이
방황하며 살며 눈물을 흘려도 나는
이미 반듯하게 만들어진 길 위에서
가야 할 길,
가고 싶은 길을 걸어가며
떠돈다고 혼자 생각하고 있다.

제4부

청소하는 여자

청소하는 여자

바닥을 쓰는 빗자루는
손에 익어 부드럽고
한 톨의 먼지도 놓치지 않으려는 듯
너의 말을 경청한다.
청소를 하고 나면 없어지는 물건,
다시 찾아지지 않는 물건이 생긴다.
나도 너에게 일시적으로
필요 없는 사람일 때가 있었다.
어느 날 내가 없어졌는데
그건 네가 난데없이 청소를 했기 때문이었지.
물건들의 제자리를 찾아주고
비로 쓸고 걸레로 닦는 청소.
쓰레기를 분리수거하고
잔털처럼 자라는 먼지를 뽑아내
눈에 잘 띄지 않는 구석을 밝힌다.
사람이 사는 집은 살아있는 집이다.
청소는 방을 매만지고 집을 쓰다듬는 일.
새살이 돋는 일.
세계를 창조하는 일.
집을 숨 쉬게 하는 매력적인 일이다.

길

방 안에 아무렇게 널브러진 소품 하나.
그것을 집어
다른 곳으로 치우면
질서가 세워지고
어지러워지지 않는다.
그 소품이 원래 있던 자리인지
그 소품이 있어야 할 자리인지
그는 나에게
네가 있어야 할 곳으로 가라고
그렇게 말해주고 있었다.
떨어진 단풍잎이 거슬러
나뭇가지에 다시 붙는다.
잠시 조는 사이
시곗바늘은 거꾸로 움직이고
앞으로 가던 이들이
뒤로 멈칫하며 걸어간다.

너라는 그리움

화병 속 한 시절을 담아
출렁거리는 한 여인.
앉은 채로 춤을 추네.
그녀가 떨어뜨린 각질은 녹말자국.
공기 위로 떠다니는 산.
여인에게 이제 사랑은 필요하지 않아.
모르는 사람에게 전화를 걸고
그 사람이 통화를 거절하는 현명함.
잠시 세상을 껐다 켜
전원 버튼을 누르면 다시 시작해.
붉은 바닥
푸른 허공
뿌리 없이 자라난 꽃들이
거미줄처럼 지어지는 밤
미련을 버리지 못한
나비가 허공에 사로잡혀 몸부림치는 예지몽.
내 손등 푸른 핏줄에
새순이 돋아난다.

밑줄을 지우며

어느 날 자고 일어나니
내 발끝에 그림자 대신 밑줄이 그어져 있어.
먹물 같은 그림자가
수분 있는 바닥 위에
산뜻한 음악 소리 내며 퍼지는 그 순간이
너무 절묘한데
이 밑줄은 너무 얇고 희미해.
부러진 연필심처럼.
속마음을 쓰려다 원을 긋고 명암을 넣고
그림을 그리고 말았어.
나는 이 밑줄을 끌고
마트에 가서 술을 사고 도서관에서 책을 읽지.
점심 때 브런치를 먹고 나오는데
밑줄이 형광색으로 바뀌었네.
잠이 쏟아진 나는 강제로 꿈 표면의 문을 열고
그곳의 시계가 거꾸로 세 바퀴쯤 돌았을 때
깜빡 잊어버린 너의 얼굴을 보았다.

너.
내 발목을 칭칭 감은 밑줄들.
나는 그것이 네가 나를 생각하며
나에게 그어둔 밑줄이라는 것을 알게 되었다.
너는 세상의 많은 글자 중
네가 칠한 밑줄만을 읽고 또 읽는
너의 미움을 이제야 알게 되었다.
미안하다.
너를 잊어버려서.

눈

이해 안 되는 어려운 책을 억지로 보다가
그녀의 시력이 점점 떨어질 즈음
사랑이 무엇인지 알게 되었다.
사랑하기 부적합한 이에게 매력을 느끼고
사랑이 전부가 되는 불균형 속에서
그녀는 안경점에서 안경을 맞추었다.
시력 검사할 동안에는 어떤 거짓말도 통하지 않는다.
보이지 않는 것은 보이지 않은 것이고
보이는 것은 보이는 것이다.
나비 모양을 보고 사랑이라고 말할 수 없고
숫자 모양을 보고 내게 소중한 것을
말해서도 안 된다.
기술이 발전한 요즘
타고난 눈보다 더 생생하게 보이는 렌즈가 있다.
그녀는 다른 비용을 아끼고
렌즈는 원하는 것을 구매했다.
그녀는 안경을 쓰고
어쩌면 남들이 간과하는 풍경까지 읽어내며
사랑보다도 현실을 생각하게 되었다.
그렇게 해서 사랑이 잊혀졌는지도 모른다.

식사 시간

밥을 먹는다.
쇠고기 된장찌개와 잡곡밥.
뒤집어 굽지 않아
노른자가 으깨어지지 않은 달걀프라이,
결명자 차가 있는 밥상.

꿈도 꾸지 않고 낮잠을 깊게 잤다.
일어나니 배가 고프다.
꿈에서 나는 열심히 살았나 보다.
혹은 배가 고파지고 나서야
달콤한 꿈에서 깨고 싶은 것인지.

소멸의 그림자가 드리워지니
나의 몸은 가장자리부터 닳아갔다.

호루라기 소리와 같은 허기.

나는 지금 내 속에서 새살을 짓는 중이다.

불이 켜진다

그 길은 사람이 들어서면
불이 켜진다.
말라붙은 풀숲까지 다 보여서
처음에는 편하다 했지만
이제는 불이 들어올까 싶어
할 말이 없으면
그 길을 돌아서 간다.
내 말을 듣는
네 마음에 불이 들어오는 것을 보았다.
기억은 전원 없는 센서등.
누군가 움직이면 별안간 불이 들어온다.
닳아가는 연필로 편지를 다 쓰고
부치지 않는다.
너는 읽지 않은 편지를 수신하고
나의 마음을 잊기 쉽게 번역한다.

다잉메시지

그냥 아무 생각 없이
계기 없이 떠오르는
뜬금없는 생각은
누군가의 다잉메시지 같다.
나의 기억에서 사라져가는
어떤 사람이
머리부터 발끝까지 사라지며
간신히 손을 움직여
간절하게 남긴 작별 인사.

원망을 담기 보다
말하지 못한 감사함을 담은
마지막 편지.

의류수거함

어느 순간 입지 않는 옷은 옷장을 비대하게 한다.
신지 않게 된 신발들이
어두운 신발장에서 발냄새를 풍기고 있다.
나답지 않고 어딘가 불편한 인연은
소리 없이 멀어졌다.
늘 신던 신만 신고 자주 입는 옷은 따로 있다.
어느 날은 의류수거함이 꽉 차 있어서
타인의 세월을 게워내고 있었다.
낡지도 않고 입지도 않은 옷과 신발은
부치지 못한 편지가 되어
의류수거함이라는 편지통에 들어간다.
나라는 사람이 나 자신보다도
옷으로 기억되는 일이 있어 가끔은 옷을 버린다.
새 옷을 찾다가 문득 옛날에 입던 옷이 생각났다.
그 모습에는 네가 서 있다.

단잠

전철에서 꼿꼿이 앉아 잠을 청했다.
잉크가 얼마 남지 않는 펜은
종이에 투명한 자국을 남기기 전에
좀 더 간절하게 글씨를 쓰려고 한다.
기름이 동나는 자동차처럼
몸도 그러했다.
다시 삶을 살아갈 용기도 리필이 필요했다.
마음속에 걱정을 쭉 뽑아내고
타인의 통화 소리를 자장가 삼아 잠에 빠졌다.
급행열차의 미정차역에서 내려야 하는 남자는
통화를 하면서 옆자리의 손님과 대화를 한다.
그럼 전역에서 내려서 뒷 차를 타도록 하지요.
세월이 흐르는 줄도 모르고 있다가
변해가는 타인의 얼굴이 괘종시계가 되어주었다.
칸을 옮겨 다니며 빈자리를 찾는
누군가는 마지막 칸에 서서
시간이 없다고 중얼거린다.

싫은 소리와 감정의 후퇴

내 편이 아닌 사람에게 쓴 시간.
내 편이 될 수 없는 사람과 나눈 대화.
따뜻한 물에 흘러드는 소나기 같은 부조화.

낭비 같아도
삶에서 감초 같은 소금 같은
피드백이다.

언젠가 앞으로 가고 있다고 생각했는데
풍경이 바뀌어도 제자리이길래
문득 내 삶에 간이 부족하다는 것을 알게 되었다.
싱거운 것은 무해하지만 미덕이 되기에는 부족해.

조금의 짠맛 매운 맛은 활력이 되고
때로는 듣다가 번쩍 떠오르는 생각으로
속 시원하게 맞받아쳐 주기도 하고.
상대방이 당황하면 혼자서 깔깔 웃기도 하고.

손에서 나는 소리

혼자서 가만히 있는데
어디선가 소리가 난다.
손에서 나는 소리였다.
깨끗이 씻고 로션을 바르고
가만히 귀 기울여 들어본다.
물방울 떨어지는 소리.
지금까지 쥐었다 폈던,
놓아주고
놓쳤던 소리가
전철 소리처럼 지나간다.

광고

갑자기 튀어나온 광고를 보다
정말 필요한 물건을 몇 번 만났다.
요긴하게 아주 잘 썼다.
누군가 비용을 써서
내게 필요한 것을 먼저 알려준 것은
감사한 일이다.

사람을 만나면 남의 자랑에
무방비로 노출되기도 한다.
자랑도 광고이다.
불필요한 정보로 인식되면
피로감을 느껴 정도 들지 못한다.

그래도 누군가의 성공담,
무용담을 듣다 보면
가끔은 기억에 남는다.
그냥 광고려니 무시했던 그 말이
사실은 내게 꼭 필요한 말이었음을
뒤늦게 깨닫는다.

무중력의 시간

사람들이 너무 쉽게 가까이 다가올 때면
나는 내 심장의 중력을 반 정도 줄인다.
먼저 웃어주지 않고
툭 던지는 말에 반응하지 않는다.
나에게서 아무 의미도 찾지 못하고
알아서 떠날 때까지
때로는 금방 변하는 가벼운 마음도
착륙하지 못할 때도 있다.
우리가 아무 관계도 아니라는 자유로움.
어떤 중력에도 이끌리지 않는
궤도를 지우는 별.
사랑하는 사람에게
항성이 되고 싶다는 것은
욕심이야.
누가 좋은 사람이었는지는
말하지 않아도 안다.

태양열 꽃밭

한겨울에 핀 꽃밭을 들여다보니
알록달록한 조화가 심겨 있다.
꽃대마다 끼워진 자전거 페달 같은
태양열 전지.
낮 동안 햇빛을 모아두었다가
밤이 오면 불빛을 내며 찬란하게 빛나는 것이다.
시들지 않는 꽃들은 태양 빛을 저장한다.
너는 흙을 파서 불만을 토로하지만
사실 기대고 싶은 사람을 찾고 있다.
아무것도 하지 않고 스스로 빛날 수 없다.
나는 발을 뻗어 햇볕을 모은다.
온몸에 퍼지는 따뜻한 열.
오늘의 행복감은 나의 삶이 반짝이는
태양열 전지다.

불침번

화를 내는 사람을 보면
긴장이 되고 불편해진다.
그는 여러 사람 중에서
희소하게 생존 센서를 가진 사람이다.
그가 대신 화를 내주고 있어서
여유롭게 허공을 응시할 수 있는 것이다.
아무것도 아닌 일처럼
대수롭지 않게 넘길 수 있는 것이다.
누군가 화를 내지 않으면
언젠가 위기가 올 것이다.
화를 내는 사람은
비 오는 날 밤 야영장의 불침번이다.
평화롭게 해가 떠서
모든 것이 부질없이 느껴지더라도
모두 위험을 감지하는
예민한 센서이다.
모든 불행에는 증상이 있으니.

노포에서의 아점

좁은 골목 끝 오래된 식당.
긴 세월 밥을 푼 노파는 일찍 간판 불을 켠다.
이른 시간 들어오는 손님에게
영업시간 전이라서 식사가
안 된다는 말은 하지 않는다.
40년간 주방에서 반찬을 만들던
그녀의 젊음은 만인들의 감칠맛에 녹아들었다.
노포의 정취가 드리워진 식당 아래
신을 벗고 들어서면
따뜻한 보일러 들어온 마룻바닥이
어서 와요, 말해준다.

뒤에 온 어느 여자 손님은 창가석에 홀로 앉아
나와 같은 메뉴를 주문한다.
그녀의 눈빛은 꿈은 저기 멀리 어디에 두고
초라한 자신의 모습을
모른 척하고 살아가는 것 같다.
아프지 않은 삶을 간병하며 살아가는 것은
혼에 자라는 새살이 부질없이 늙어가는 것.
가지런한 수저 한 쌍이
너무 친절하면 삶이 피곤해지는 거라며

반짝인다.

술술 들어가는 반찬 세 가지와 설렁탕.
그 속에는 정이라는 레시피가 들어 있다.
시원한 배추김치와 연근조림 그리고 상추무침.
뽀얀 국물에
다시 찾게 되는 진솔한 맛이 있다.

옛 애인도 정떨어져서 나를
다시 돌아보지 않는데
이별을 말해놓고
잔여물로 남은 미련이 소진될 때까지만
슬퍼하고 떠나간 사람은
돌아오지 않는데

근처로 가면 너의 발걸음이 향한
설렁탕 그 골목.

떨어뜨림

어쩐 일인지 물건이 바닥에 툭툭 떨어진다.
너의 손을 놓쳐버린 순간처럼
나의 손금에 힘이 없다.
바닥이 요란한 소리를 내는 걸 보면
무슨 할 말이 있었나 보다.

제자리를 찾아주지 않고 아무 곳에나 놔둬서
균형감을 잃고 넘어지나보다 했다.

어쩌면 그건 내가 무언가 단단히 놓치고 있다는
날 선 경고음.

넘어지는 것은 한결같이 가볍다.
내용물이 비워져 가는 로션통.
빈 플라스틱 텀블러.
벗어둔 옷.

바닥은 몇 번 타박상을 입었지만
물건들은 한 번도 깨진 적이 없었다.

부피만 있고 속이 없다 보니,

때로는 시험에 떨어지는 일도 이와 같다.

배꼽은 무게중심.
나의 속도 때로는 텅 비어
부지불식간에 낙상이 찾아올까
그림자에 힘을 주어 걷는다.

바람 든 무처럼
가벼운 것들은 날개가 없어 날아오르지 못한다.

미열이 끓는 나의 오른쪽 마음.
필요 없는 것들의 거품.
쓸모없는 것들의 거품.
껍데기 남은 것들의 거품으로
빨래를 한다.

끝없는 소수점

3과 4는
영원히 나란히 있겠지만
그 사이에는
0.1과 0.001 같은
무수한 소수점이 존재해.
3을 좋아하던 너는
3은 정, 반, 합과 같은 변증법이라서 좋아하고
삼각형 같은 균형감을 떠올리곤 했지.
4는 마치 死의 음성을 읽을 때처럼
기피하는 숫자이기도 했지만
둘둘 각각 짝을 지어서
누구도 소외감을 떠맡지 않는
외롭지 않은 숫자이기도 해.
너와 나 사이에는
무수한 소수점이 존재해서
가끔은 같이 있어도 서로 멀어져 있고
외로울 때만 생각나는 사이가 되기도 하지.
오랜만에 만나서도
각자 하고 싶은 말만 하고 헤어져도
그 속에서 추억이 만들어지고
너와 나는 각자의 기억에 새겨져.

네가 그린 나의 초상화에는 나의 특징이 살아 있지.
보이지 않는 까마득한 작은 숫자들은
잘게 부수어진 기억의 파편.
가끔은 버석거려서 뒤를 돌아보게 하지만
나의 뒤
그리고 너의 앞에도
무수한 소수점들이 존재한다.
우리가 서로 마주 보며 밥을 먹을 때도
이야기를 나누며 함께 걸어갈 때도
멀리 이사를 가서
서로에게 인사하는 것을 잊었을 때도.

새살이 나는 재생을 노래하다

　시는 다른 장르의 글과 다르게 특별하다. 농축된 글자의 배열과 극대화된 이미지, 그 속에 응축된 메시지는 전율을 일으킨다. 생각을 그러모아 써 내려간 낱말 하나하나에 옹골찬 에너지가 들어있다. 나에게 시는 풍경에 사람의 온기를 새기는 일이다. 일상이라는 객관적인 풍경에 사람들은 저마다의 활로를 만든다. 목적지가 달라도 길 위에 동행하는 일은 참으로 많다. 걷고 있으면 기분 좋아지는 곳, 자꾸만 걷고 싶어지는 것. 그것을 인생이라 정의한다면, 나는 그 속에 시를 부여하여 보다 더 인간답게, 감정을 투영할 수 있는 방법으로 여겨진다.

　시를 쓰고 나서 덧칠하듯 글자를 더 보태고, 수정하는 작업은 즐겁다. 결국 모두 나를 돌아보는 일이며, 나 자신을 탐색하는 여정이다. 나의 타아들을 모두 소환하여 화합하고 조정하는 화해의 시간. 시를 쓰며 나에게 다가온 사물의 의미를 환기해 보게 되었다. 불현듯 나의 시에 나타난 버스정류장, 종착지점을 보며 삶의 행로를 반영한다고 생각했다. 삶이란 어디론가 이동하는 것이며, 그 길은 이미 정해져 있는 것이다. 그리고 지금의 나의 위치는 종점에서 다시 처음으로 돌아가는 자리에 있음을 시를 쓰면서 깨닫게 되었다.

또한 길항과 균형의 문제에 관해서도 진지하게 생각해 보게 되었다. 가령 빨강과 초록과 같은 보색의 배치를 통해 그 관계성을 생각해 보았다. 나는 왜 이러한 색채감을 떠올렸을까. 서로의 색에 물들어가는 것은 스스로의 색채감을 없애는 일이 되니, 그것은 길항이라고 생각했다. 사람을 만나고 관계 속에서 살면서 자기 자신을 기꺼이 지우는 일은 숱하게 많다. 그러나 이는 서로 대립이 아닌 균형을 찾아가는 힘이었다. 연약한 연두색인 나는 응달과도 같은 타자와 관계 속에서 붉은 경험을 하고 그로 인하여 짙은 초록색이 되어 무게감이 생기다가 비로소 인생의 심연을 마주하는 깊이감에 이른 것이라는 생각이 들었다. 초록이 내포하는 식물적 감각과 붉은 차, 피 등이 은유하는 동물적 생동감은 인생의 양가성을 드러내는 동시에 나라는 존재의 결핍을 보완하는 기제인 셈이다.

시에 나타난 저녁은 시 세계의 아날로그 시계이자 붉은 노을을 분출하는 강렬한 생명력을 표방한다. 해질녁의 붉은 노을은 손이 델 것 같은 표독한 뜨거움이 없이 난로처럼 따뜻하다. 나는 시에 나타난 저녁을 음미하면서 내 속에 자리 잡은 감사하는 마음을 새롭게 조우하게 되었다.

시 속에서 쓰레기를 내다버리며 내 안에 축적된 무거운 잔여들을 해방시키고, 그 모음 또한 인생의 편린임을 받아들이는 일은 퍽 행복한 것이었다. 또한 마주하는 모든 대상이 '스쳐 지나간다'는 것은 나 자신이 시를 쓰면서 새롭게 발견한 부분이기도 하다.

이번 시집에서는 청소, 설거지, 빨래, 목욕이라는 주제어를 설정하고 이를 중심으로 재생의 미학으로 시화하였다. 이는 모두 새살이 나는 행위다. 다시 사용할 수 있고 새롭게 거듭날 수 있는 행위가 바로 재생에 있다는 사유에 의한 것이다. 그렇다면 환부에 대한 정의가 필요할 터인데, 환부가 존재론적 슬픔과 아픔에 해당하는 것이라면 새살은 이를 치유하는 근본적인 전환이라고 할 수 있겠다.

시 쓰기가 매력적인 것은 그것이 세계를 향한 존재론적 사유이며 자신의 환부를 다른 시각에서 특별하게 바라볼 수 있는 점에 있다. 시가 짧은 산문과 구별되기 위해서는 그 언어에 압축과 농축, 과감한 생략과 리듬과 축약이 있어야 한다. 고통을 그러모아 리듬감 있게 노래한다는 것은 시인의 사명이다. 삶에 대한 관조와 세계에 대한 여유가 없이 어찌 시가 내게 오겠는가. 시를 쓰면서 온몸의 감각, 내면의 오감까지 일깨우며 나 자신과 새롭게 조우하는 일, 역시 시 쓰기는 정말 근사한 일이다.

회색빛 황량한 풍경 속에서도 꽃 한 송이 그려 넣을 수 있는 시인, 누구나 환호하는 화사한 풍경에서 사람을 그려 넣고 녹여낼 수 있는 그런 시인, 나는 그런 시인이 되고 싶다.

새살

초판 1쇄 발행 | 2026년 3월 31일

지은이 | 김지연
펴낸이 | 김지연
펴낸곳 | 마음세상

출판등록 | 제406-2011-000024호 (2011년 3월 7일)

ISBN | 979-11-5636-654-6 (03810)

원고투고 maumsesang2@nate.com
블로그   http://blog. naver. com/maumsesang

값 13,200원